ENTRE SOMBRAS

ENTRE SOMBRAS

Textos Escritos Durante la Cuarentena

María del Pilar Martínez Nandín

Copyright © 2021 María del Pilar Martínez Nandín.

All rights reserved. No part of this book may be reproduced in any form or by any electronic or mechanical means, including information storage and retrieval systems, without permission in writing from the publisher, except by reviewers, who may quote brief passages in a review.

ISBN: 978-1-63821-617-9 (Paperback Edition)
ISBN: 978-1-63821-618-6 (Hardcover Edition)
ISBN: 978-1-63821-616-2 (E-book Edition)

Some characters and events in this book are fictitious. Any similarity to real persons, living or dead, is coincidental and not intended by the author.

Book Ordering Information

Phone Number: 315 288-7939 ext. 1000 or 347-901-4920
Email: info@globalsummithouse.com
Global Summit House
www.globalsummithouse.com

Printed in the United States of America

Entre sombras me busco,
entre sombras me escondo,
entre sombras me encuentro.

La niña que fui
dice adiós al pasado...

Instantes

(18 de julio)

En mi patio
una paloma y un gato
conviven en el mismo espacio.

ELLA... sin asustarse,
ÉL... sin agredir.

Su mundo: ese árbol.
Un mundo ¡FELIZ!

Las fotos

(10 de julio)

Por instantes revivo,
cuando las veo.

El pasado es presente
y el presente se lee,
no en presencias... en FOTOS.

(6 de julio)

La luna de julio,
luna de siempre
¡se enciende!,
rompe la
oscuridad de la noche.
Impide la visita de ladrones
y por instantes
me roba el sueño.

¡Farol eterno!, sigue brillando...

(4 de julio)

Dicen que las mujeres somos
paloma para el nido.
¡Me gusta!

Esta palomita sabe por instinto
que hay que reforzar las ramas
y cuidar a sus polluelos.
¿Cuántas mujeres lo han olvidado?

(27 de junio)

A las mariposas les gusta visitar
las minúsculas flores del Romero.

Este 2020 canceló el Domingo de Ramos.
Dentro de casa no está el ramito bendecido
de palma, romero y manzanilla.

Dios bendice mi patio con la planta sagrada.
Alegra a todo el que pasa.

Gracias, ¡Señor!

(26 de junio)

En mi ventana florecen los jazmines,
¡qué alegría cuando abro la puerta y
me regalan su delicioso aroma!

Si la belleza está en tu casa,
te aseguro,
¡estás bien acompañada!

(21 de junio)

Este pajarito se cayó del nido,
sus patitas no lo sostenían...
Pensé
debo ponerlo en su sitio.
Me disponía a hacerlo
cuando él ya había tomado
impulso, llegó a la orilla de la jardinera
y ¡zas!, abrió sus alas... subió y voló
hacia la rama más próxima...

¡Qué infancia tan corta tienen las aves!

(12 de junio)

Con la voz cascada,
con el paso lento,
con el alma en calma
transito el desierto.

El silencio ayuda...
me acerca a lo ¡ETERNO!

(abril)

Este hermoso cardenal cruzó como
relámpago rojo (buscando algo para comer
o calmar su sed); apenas lo vi, por la ventana,
quise captarlo...
pero mi foto no refleja con claridad
su BELLEZA.

Entre cuento y...

Entre cuento y realidad

(11 de mayo)

Efectos de cuarentena

Leí unos versos de Alberto Cortez que dicen: "Sería sin un orden la merienda / de comernos los UNOS a los OTROS".

En las crisis he comprobado que sale a la superficie lo mejor o lo peor del ser humano.

Esta contingencia me enseña que: "A río revuelto, ganancia de pescadores", refrán que no pierde vigencia.

Estoy cierta que cuando el vandalismo invade, lo primero afectado es LA PROPIEDAD PRIVADA. Si dejamos que proliferen estos actos, escudados en que las propiedades están solas, acabaremos por dar alas a los ladrones, aunque las casas estén ocupadas... Me recuerda la REVOLUCIÓN MEXICANA... Escondidos en la bola, destrozaban y saqueaban.

Espero en DIOS que esta situación no se alargue y que vuelvan a funcionar, con normalidad, Ministerios Públicos, Registro de la Propiedad, Oficinas, Notarías y demás.

Estamos defendiéndonos del COVID, que el GOBIERNO funcione como debe y defienda un principio fundamental: LA PROPIEDAD PRIVADA.

`Entre cuento y leyenda

(10 de mayo)

La Muerte tiene permiso...

Hoy los parques funerarios están solos. No pudimos llevar flores a las madres, ni visitar a otros seres queridos.

La única que se pasea por ahí y por el mundo entero es la Muerte... ella tiene permiso.

Cuentan que llegó a una aldea para llevarse a los más viejos. Entre ellos estaba Panchita, pero al tocar a su puerta nadie respondió. Una vecina gritó: "Pancha fue a ver a los enfermos del asilo". Doña Muerte fue corriendo y preguntó por "¡Panchita!", pero ya se había ido a llevarle flores a la Virgen... Entró a la iglesia y no la encontró. El sacristán le dijo: "Doña Francisca anda llevando comida a los hombres en las parcelas". La indeseable siguió buscando a su elegida, no la encontró... Los campesinos informaron: "Pancha se fue a alimentar los animales".

La Muerte, que es tan justa, pensó: "Esta viejita es muy trabajadora, dejare que siga en su misión". Cantando se alejó (*No vale nada la vida... la vida no vale nada*), y para no irse con las manos vacías se llevó una vaca flaca...

Entre cuento y chisme

(9 de mayo)

La bola de nieve

Cuando trabajaba en el IMSS, como asistente de consultorio, veía la sala de espera LLENA.

Me divertía escuchar las pláticas de la gente… "Oiga y esta gripa que no se quita cada vez da más feo, a mi viejo lo tumbó de a tiro"; "mi muchacha no hace caso, se baña temprano y ya le dio tos ahogona…", "es ANDANCIA", concluían…

¡Sí!, la enfermedad andaba desatada, pero nadie tenía miedo y se pasaban unas cuantas recetas antes de consultar con su médico… Cuando la sala de espera estaba semivacía los médicos expresaban: "Hay EPIDEMIA de SALUD".

Ayer visité un hospital para una sutura que me hicieron en un consultorio aislado, con todas las medidas de seguridad. El estacionamiento vacío, la sala de espera vacía, la farmacia también… Recordé a mis médicos: "Hay EPIDEMIA de salud…".

Me pregunté… entonces ¿el COVID no ANDA?

Ha paralizado todo y al menos, aquí, en mi ciudad no anda… La bola de nieve crece… Este enemigo es raro, no se ve y causa PAVOR… Tengo ganas de un día sin COVID.

Entre cuento y chisme

(2 de mayo)

¿Nos venden el aire?

He observado, desde hace algún tiempo, que todo nos VENDEN. Mis abuelos decían: "Un vaso de agua no se le niega a nadie". Hoy te lo venden. (Agua, Tierra, Fuego, Aire) los 4 elementos vitales para existir están siendo manejados por manos sin escrúpulos, sin CONCIENCIA.

Pensé que el aire no se vendía porque no habían encontrado la manera de hacerlo. ¡Ya la encontraron!, y a un precio caro: la VIDA.

Esta PANDEMIA muestra que a los que menos tienen no les venden; esperan a que se pongan MORADOS, entonces sí podrán pagar el precio.

A los demás, el AIRE nos lo racionan confinándonos al espacio de la casa... El anuncio es claro: "¡No SALGAS o pagas con tu VIDA!".

La MUERTE siempre ha sido una realidad, pero la pintan más grotesca de lo que ES... Ahora tienes que morir SOLO. Sin bendición, sin familia, sin amigos, sin funeral. INCINERADO aunque no haya sido tu voluntad.

Me he convencido que el asunto es SECRETO...

Mientras me llega el COVID voy a dormir, espero que no sea para siempre... (toco madera).

Entre cuento y chisme

(29 de abril)

Don Viento vino a visitarme

Al principio pensé "bienvenido", aunque cerré puertas y ventanas... Le dije: "Déjame el regalo de la lluvia, ¡la necesitamos!". Creo que se enojó porque no abrí la puerta. Sonaron las alarmas... El visitante era ¡peligroso!

¡Me dio miedo!, ya no le pedí nada, lo que quería era que se marchara sin hacer daño. Silbó un rato y, para castigarme, despojó a mis árboles de algunas ramas, llenó de basura mi patio y de lluvia ¡ni gota...! "Te estoy haciendo un bien, estoy arrasando con lo viejo...". Me ubiqué en la pandemia que vivimos y elevé una oración al cielo: "Señor, no me dejes sola, dame valor para vencer el miedo ante el mañana".

Entre cuento y chisme

(29 de abril)

El distanciamiento social

Les cuento... En esta SOLEDAD colectiva hemos revalorizado lo que significa el contacto físico.

Cuando nos prohíben algo se nos convierte en deseo ferviente romper la regla. Esto parece un experimento: Nos llevan a una situación crítica para medir nuestras reacciones. Están tensando la cuerda.

Cuando desespero... salgo a observar el jardín. Mis flores sí se ABRAZAN. Las azucenas rojas a sus amigas maravillas, y la flor blanca a una planta seca (su vecina) que requiere motivación.

Son tan sabias mis amigas que ellas saben hacerlo con su tiempo y a TIEMPO.

¡VOLVEREMOS AL ABRAZO! Está por llegar nuestro momento.

Existencia

Les cuento, esta situación inédita que vivimos me lleva a reflexionar: "O coexistimos o no existimos".

El hombre es un ser de lo más adaptable, soporta las circunstancias más adversas y se levanta de sus caídas.

Esta foto es real, mis compañeras y yo, maestras recién egresadas de la Benemérita Normal de Coahuila iniciamos labores en Tierra Caliente (GRO). Encontramos nuestros ranchos en situación deplorable, habían sufrido un temblor que tumbó escuelas y los dejó más empobrecidos que antes.

Ante esto: Reconstruimos escuelas y organizadas levantamos lo caído.

Estoy segura que el binomio maestro-alumno y alumno- maestro es la fórmula inalterable de la ENSEÑANZA.

Necesario será adaptarnos a trabajar con alumnos que no vemos, que no sentimos cerca, que no levantan la mano para preguntar... pero que siguen necesitándonos tanto como nosotros a ellos.

"O coexistimos... o no existimos". Ya vendrán tiempos MEJORES.

Entre cuento y chisme

(25 de abril)

¿Quién está escondido?

Daré suficientes pistas para que lo encuentres:
Es innombrable, intangible, insoportable, inflexible, inhumano, indescifrable...

Para qué te digo más si es INVISIBLE. ¡Ah!, se me olvidaba, es INDOCUMENTADO, un ilegal que ha cruzado todas las fronteras sin que nadie lo haya podido detener. Ha hecho mucho daño, pero se declara INOCENTE, él no quería, lo obligaron... ¿QUIÉNES?... También están escondidos...

Entre cuento y memoria

(24 de abril)

Pensemos

Ahora que tenemos tiempo... ¿Quién tiene la culpa de este Infierno? Hoy ninguno de nosotros está en el Paraíso.

No podemos señalar culpables porque el gran culpable es INVISIBLE.

Me recuerda una frase del gran emperador azteca, Cuauhtémoc ("águila que cae"): ¿Acaso estoy yo, en un lecho de rosas?

Nuestro país, MÉXICO, está en el tormento igual que todos. No echemos leña al fuego.

Entre cuento y chisme

(23 de abril)

Junto a mi rosa está una pequeña planta

Recién compré las macetas en el invernadero; me sobraban $10.00, ¿qué podía comprar con esa moneda?

Pensé en decirle al vendedor: "Quédese con el cambio". Adelantándose a mis pensamientos me regaló esta miniatura y me dijo: "Esta planta se llama ABUNDANCIA". A lo que le conteste: "Una pequeña abundancia, pero ABUNDANCIA al fin".

Muchos tenemos poca abundancia; otros, mucha, y los más, NADA.

Pero ¿saben? DIOS protege a los desvalidos...

¿Vieron al MAR regalando peces? En Acapulco SUCEDIÓ.

Entre cuento y chisme

(21 de abril)

Les cuento…

En mi jardín observé estas azucenas muy juntas y medio escondidas… Me detuve y, con tono amable, les dije: "Amigas, no están conservando la SANA DISTANCIA". Estoy consciente que no me escucharon, me reí al estar hablando sola (así me tiene esta cuarentena).

Mis azucenas no tienen miedo a MORIR, saben que su ciclo termina cuando se marchitan.

Nosotros ni con la piel marchita entendemos.

Que si esto, que si lo otro, que si lo demás… exceso de información… un pasito adelante y uno para atrás.

Pero ¿saben?, no es tiempo para ENTENDER, es tiempo de OBEDECER.

Entre cuento y cine

(18 de abril)

Hace tiempo vi esta película y redescubrí los conceptos que me dejó.

Se dice que la locura de un hombre es el libro infantil de otro hombre. El personaje principal era un viejo... eterno buscador de su hogar, no cejaba en su empeño de encontrar ese sitio; declaraba:

Por alguna cosa vale la pena morir.
Mi casa es el único lugar que siempre conocí.
Mi reino es mi único objetivo.
Me encanta la palabra paz... vengo de ahí, ahí pertenezco.
Qué sentido tiene ser un rey sin reino.
Yo existía porque soñaba... (igual que yo).

En el presente oí a un mandatario decir: "Qué sentido tiene ser un presidente sin pueblo, seria hoja seca, un florero que no tiene más función que adornar".

Entre cuento y chisme

(15 de abril)

El amor quita el miedo

Esa pareja no usaba el cubre bocas. ¡Qué felicidad!

Al verla escuché a otra pareja decir: "¡Qué bello es AMAR!".

"Sí –dijo él–, cuando no sabes a lo que te expones, a lo que te arriesgas".

Su interlocutor contestó: "Ellos saben lo que va en el paquete; quizás olvido, engaño, desamor, dificultades, traición… y, sin embargo, se arriesgan. VIVIR es un riesgo que todos tomamos".

Yo pensé: "El amor quita el miedo". Y recordé unos versos:

Amor es la palabra justa que para hacer frente a la muerte se precisa.

¡Quítenme el aire, pero no la poesía!

Entre cuento y cine

(13 de abril)

Su excelencia

Buen día para recordar a Cantinflas, excelente en *Su excelencia*. En esta película expresó sin cantinflear: "La mitad de la humanidad en contra de la otra mitad", Verdes contra Colorados.

Parece que nunca entenderán lo que el humilde carpintero de Nazaret vino a enseñarnos: "Amaos los unos a los otros", no "armaos los unos contra los otros".

El país de Los Cocos (creo que somos nosotros) no sabe para dónde hacerse.

No quiere las ideotas de los colorados, ni los préstamos de los verdes.

Hacernos a todos pensar igual es fabricar robots; esclavizarnos por dinero implica que dejemos de ser libres: Programadores y acreedores, no los queremos tocando nuestra puerta, despojándonos de todo por no pensar igual o por deberles hasta el aire que respiramos.

Así que mi voto no es para ninguno de los dos.

¡Renuncio! Soy un ciudadano simple, sin importancia, sin títulos de nobleza, pero ¡libre!...

(Me encantaste, Cantinflas, perdón si escribí mal lo que tu dijiste tan bien).

Entre cuento y memoria

(7 de abril)

Diálogo con el PRESIDENTE AMLO

Solo los viejos podemos hablar cosas de viejos… Iniciemos:

—Señor, ¿te critican por hablar con chamanes?

—Sí, que lo hagan, yo seguiré buscando sabiduría en mis ancestros.

—¿Por qué usas amuletos y estampitas?

—No es pecado, tengo Fe. México es creyente y fiel.

—Parece que esa no es la normalidad en un presidente.

—Si la normalidad es ser soberbio, corrupto y mentiroso, entonces soy anormal.

—¿Preparaste al país para esta crisis?

—Desde que inicié mi mandato con programas para los olvidados.

—Pero… ¿Está descuidado nuestro sistema de salud?

—Estoy levantando lo que dejaron caído mis antecesores.

—Dicen que el país con usted va a la catástrofe.

—La peor Pandemia es la corrupción, salir de ella será doloroso nos estamos transformando.

—¿Rescatará la economía de las grandes empresas?

—Sí, pero primero los pobres; no puedo hacer otro programa hasta comprobar que lo planeado da resultado.

—Las voces de los grandes, también las debe escuchar…

—Lo hago, pero las minorías pueden esperar.

—Las mayorías están siendo atendidas.

—¿Gobernar es oficio secreto?

—Yo no oculto nada todos los días digo lo que pasa en el país. La transparencia es mi objetivo.

—¿No tiene miedo por los grandes intereses que ha afectado?

—¡NO!, a mí me cuida la gente.

—¿Teme a la muerte?

—Ella llega cuando quiere, sobre la muerte no tengo control.

No quise preguntar más porque mi presidente y el de todos los mexicanos tiene RAZÓN.

NOTA: A veces de nada sirve tener razón.

Entre cuento y chisme

(4 de abril)

¿A qué hora doy clase?

Esta anécdota viene al caso por lo que estamos viviendo actualmente.

Siendo yo maestra de primaria, el director de mi escuela nos llamó, a mí y a otros profesores, a junta de consejo para avisarnos sobre la visita del Inspector Escolar.

"Quiero que tengan presente esto –nos dijo–; sobre su escritorio, todos sus registros y su planeación de actividades. Los niños con sus manitas muy limpias y sus uñas cortadas. Bien peinados, bien portados, nadie afuera del salón… ¡Ah!, y deben poner un tapete en la puerta, ni muy mojado, ni muy seco. El inspector es muy estricto y muy exigente; llamadas de atención no quiero, maestros".

Todos tomamos nota. Una compañera, recién llegada, se atrevió a preguntar: "Si tengo que hacer todo esto ¿a qué horas doy clase?".

Esto viene a cuento porque, esperando al covid 19 con tantas indicaciones, protocolos y reglas se me antoja preguntar: "¿A qué horas vivo?".

Entre cuento y chisme

(1 de abril)

¿Haces caso a los avisos?

Hoy mi celular me dio la respuesta a esta pregunta: "La batería se está agotando", y yo, cerrar, cerrar, cerrar... ignorando el aviso no una, sino varias veces.

Pasó lo que tenía que pasar... se puso negro, SE MURIÓ.

Tenía yo la vacuna y no se la apliqué. Tenía manera de resucitarlo, pero ¡oh!, sorpresa, olvidé el cargador. Pedí uno y ¿saben?, nadie me lo quiso prestar, pues los tenían ocupados para hacer respirar a sus moribundos teléfonos.

No podía llamar a nadie más, estaba presa en mi casa y mi imprudencia... el celular parecía gritarme: "¡TE LO DIJE!, descuidada, descreída, desinformada...

Me sentí en desesperación, deshecha, DESDICHADA.

TODO POR NO HACER CASO A LOS AVISOS.

Entre cuento y leyenda

(29 de marzo)

¿Por qué el burro tiene las orejas grandes?

Cuentan que un día los animales estaban haciendo fila para que el Creador les destinara un nombre. Así pasaron el león, la jirafa, la tortuga... Pequeños y grandes esperaban su turno. Cuando le tocó al burrito, dijeron: "Te llamarás... ¡Burro!". "Está muy bien –dijo–, pero apenas había caminado unos pasos se le olvidó. Regresó y volvió a preguntar: "¿Cómo me llamo?". El Señor pensó: "Creo que cometí un error con tus orejas, te las haré un poquito más grandes", y lo hizo... pero el burro lo olvidó varias veces y aunque todos sus compañeros animales le gritaban: "¡Burro! ¡Burro!", él no entendía y el Señor, con paciencia de santo, seguía agrandando sus orejas.

El castigo más cruel que yo presencie cuando era niña fue que mandaran al rincón a un compañero de clase, con unas orejas de burro.

Moraleja: Andamos muchos burritos por el mundo que no entendemos el QUÉDATE EN CASA. Y ¿saben qué? El castigo será cruel, mandado no por un profesor, sino por la Señora MUERTE que anda suelta... Nuestro DIOS ya no nos puede hacer las orejas más grandes a ver si entendemos, anda muy ocupado en equilibrar la BARCA donde vamos TODOS.

Entre cuento y chisme

(28 de marzo)

No contagiemos el miedo

Hoy me dediqué a *sanitizar* que, según entiendo, es limpiar y desinfectar todos los espacios de mi casa. Puse especial cuidado a mi cuerpo, mis manos. Ahora que estoy sola y lavo los platos, mis manos están requetelimpias. No uso el gel sanitizante porque se me despellejan y arden. Agradezco a Dios que me haya devuelto a las tareas domésticas: ya distingo la sal del azúcar. Me queda tiempo para ver noticias; ¡error!, porque me dan ganas de reclamar, echar culpas, criticar y, entonces, lo limpio de afuera no checa con mi estado interior. No es lo mismo Sanitizar que SATANIZAR. Mi mente loca me lleva a donde no quiero. Tener miedo no es una opción, acabaríamos con pánico. Si cuerdos no damos una, descontrolados ¡menos!

Limpiemos nuestro interior, no dejemos que el enemigo entre. A la mente perversa que te lleva a lo negativo dile: "¡FUERA! ¡FUERA!". Que el miedo no te conduzca al Infierno.

Entre cuento y memoria

(27 de marzo)

Gracias, Santo Papa

Hoy en una plaza sola, convertida en templo junto al Cristo, dolorido y sangrante, nuestro Papa, el elegido para guiar el rebaño, nos habló de no tener miedo en la tempestad porque Cristo está despierto y acudirá a enderezar la barca donde vamos todos...

Sentí la paz emanando de su blanca vestidura, su dulce expresión y su cansancio.

Lloré mis culpas, me llené del Espíritu Santo, recibí su bendición y canté: "Dios está aquí... tan cierto como el aire que respiro... ¡Dios está aquí!".

Entre cuento y chisme

(19 de marzo)

Amigos, ¡Léanme!

Hay que seguir las medidas de contención de los países orientales:

Contente de salir.
Contente de viajar.
Contente de desobedecer.
Contente de ser irresponsable.
Contente de poner en peligro tu
salud y la de los demás.
Contente hasta de demostrar amor.
Con tanta publicidad de todo me Contengo.

En la filosofía del mexicano, según Octavio Paz, "Se muere el otro", yo no, o al menos no todavía... La única condición para morir es estar vivo y tú y yo lo estamos.

Contente de morir.

Sé que al final de esta pausa, de tanto contenernos, nos reiniciaremos... Si logramos salir de la pandemia contentos, en paz y agradecidos con Dios, habrá valido la pena librar la batalla...

Entre cuento y poesía

(14 de abril)

La magia

Cuando era niña oía canciones y radionovelas en la casa de la abuela. Cuando ella salía al patio me quedaba observando el aparato, tenía ¡magia!, y yo quería verla. Pensé que si abría la tapa de atrás encontraría a los cantantes y a los personajes besándose.

Pero ¡NO!, qué decepción… solo había bulbos y alambres. La magia se hizo posible cuando llegó la televisión, aunque se perdía cuando se iba la luz.

Luego, la MAGIA fue aún mayor cuando llegó la computadora y ¿SABEN?, ahora no veo novelas; los que están detrás (que no conozco) miran MI NOVELA.

Saben hasta cómo duermo, con qué me alimento, con quién ando y lo más peligroso, hasta cómo PIENSO.

Mis huellas digitales están en la computadora y no he podido descubrir el truco.

De lo que estoy segura es que quiero seguir siendo de carne y hueso, no una SOMBRA atrapada en un CHIP.

Entre cuento y poesía

(10 de abril)

¿Qué dijeron los poetas en medio de otras crisis?

El progreso ha deshabitado al hombre, tenemos más cosas, pero no más ser.

Octavio Paz

Nadie tendrá derecho a lo superfluo, / mientras alguien carezca de lo estricto.

Salvador Díaz Mirón

Un hombre muere en mí / siempre que un hombre / muere asesinado / por el odio y las balas de otros hombres.

Jaime Torres Bodet

¿Qué si me duele? Un poco… / te confieso que me heriste a traición / mas por fortuna tras el rapto de ira / vino una dulce resignación.

Luis G. Urbina

Que tu esfuerzo propio / sea como potente microscopio / que va hallando invisibles universos / y entonces en la flama de la hoguera / de un amor infinito y sobrehumano / como el santo de Asís dirás hermano / al árbol al celaje y a la fiera.

Enrique González Martínez

Todos, poetas mexicanos, invitándonos a retomar al SER humano sepultado en el materialismo y la sinrazón.

(9 de abril)

Jueves Santo

Escuchando, hoy, la misa dada desde la Basílica de San Pedro en el Vaticano, mis ojos se detuvieron en el Espíritu Santo, nuestro gran consolador.

Hicieron eco, en mí, estas palabras de la Homilía del Santo Padre: "El servicio es Amor".

Nuestra torpeza es tan grande que tuvo que parar el mundo para que dejáramos de hablar y aprendiéramos a escuchar...

Desde el silencio recibimos la paz del Señor; nuestro gran consolador nos dice: "Volveremos al abrazo", porque la sangre del cordero es bebida que nos purifica...

Amén...

Entre cuento y chisme

(8 de abril)

¿Qué dice el fuerte al débil?

Puros "¡No! ¡No! ¡No!".

No te muevas, no salgas, no vacaciones, no hables, no des la mano, no abraces, no te mediques, no, no, no.

Estamos jugando a las estatuas y a los encantados.

Ante tan adversas circunstancias, un viejito me preguntó: "¿Usted entiende?"; "Pues, entiendo que es por nuestro bien"; "No, profe, yo entiendo que nos quieren desaparecer, nomás falta que nos ordenen DEJA DE RESPIRAR. Los cacharros viejos a la basura".

Pensé en mis años y razoné igual. No le quise quitar la ESPERANZA de seguir viviendo y le dije: "No se apure ya nos van a DESENCANTAR".

Entre cuento y memoria

(6 de abril)

Estamos de rodillas

Por primera vez lo que nos acontece ha puesto al mundo de rodillas... implorando SALVACIÓN.

Nuestra oración diaria es incluyente. Pedimos por nuestros hijos, nuestra familia, nuestro pueblo, nuestro país y el mundo entero.

Por primera vez reconocemos que el otro es importante, que todos necesitamos de TODOS:

Nos ha unido la incertidumbre de morir. La señora MUERTE, la más democrática... la que nos iguala a todos en su oscuro recinto, hoy lo hace sobre la tierra, a la luz del sol. Si sabemos escuchar, la oiremos decir: "¿Para qué quieren escapar de mí?, para seguir ODIÁNDOSE".

Amigos, que nuestra oración sea para volver al abrazo y al AMOR.

Días de otoño

Esta película de los años 60, filmada en blanco y negro, ganó varios premios. Resumiré la trama: La protagonista de la cinta, vestida de novia, se queda plantada en el atrio de la iglesia. Nunca pudo asimilar el trauma que esto le causó. Trabajaba en una repostería, el patrón estaba enamorado de ella, pero sabía que era casada. Le parecía raro no conocer al esposo. Un día le preguntó: "¿Por qué nunca viene por ti?", "Viaja mucho", dijo ella. La llevó a su casa. "¿No tienes ni una foto de boda...?". Ella la mandó a hacer.

Pasó el tiempo y el jefe seguía observando: "¿Por qué no te has embarazado?", ella fingió un embarazo, vivía sola y por la noche leía estos versos: "Si no podemos amar / y la noche avanza / hagamos una alianza / con ese sueño fingido. / Ya llegará el olvido / o terminará la ESPERANZA". En ella no llegó el olvido, pero sí terminó la esperanza: ¡Se SUICIDÓ!

Ruego que no nos pase esto, que nos salve la esperanza que da el AMOR.

De cuento y cine

Sobre racismo y xenofobia

En esta pausa bendecida en que me encuentro, por la noche vi la película Talentos Ocultos, que versa sobre la carrera espacial de la NASA. Algo muy rescatable de esta cinta es la historia de tres mujeres de color que, con su lucha y sus conocimientos, lograron trabajar en esta agencia espacial, no obstante ser discriminadas y menospreciadas.

Enfrentaron el reto y lo vencieron... EUA les debe mucho.

Cuando la heroína, que aparece en la foto, fue reprendida por tardar 40 minutos en regresar del baño, porque los baños destinados para damas de color estaban lejos de la oficina, pasó algo... El jefe asimiló la lección, quitó los letreros de baños reservados y dijo: "Aquí, en la NASA, todos orinamos del mismo color".

A las mujeres no se les dejaba entrar a reuniones de alto nivel, menos a una mujer de color, pero ella sabía las respuestas que los demás ignoraban. Y pasó.

El director expresó a los subjefes: "Nuestro trabajo consiste en observar a los mejores y encontrar dentro de ellos al genio. Si ese genio gana, ganamos todos; si no lo descubrimos, perdemos todos".

EUA debe mucho a cerebros no blancos y a cerebros de inmigrantes. El progreso es un arma de dos filos... Nos lleva a la luna, pero nos hace perder el piso. Dejemos nuestras guerras... Dejemos de ODIAR. Las mujeres de esta cinta no fueron inventadas; son reales.

De cuento y cine

(5 de abril)

Esplendor en la hierba

Estoy regresando a mi pasado para sacar de él, JUVENTUD, como dice la canción.

Recuerdo haber visto una película, Esplendor en la hierba, que ponía de ejemplo a mis alumnos para que sus historias de amor no pasaran por situaciones traumáticas.

Es la historia del amor imposible, no realizado aun cuando la pareja estaba unida por ese maravilloso sentimiento.

Lo que más recuerdo son unos versos que la estrella de la cinta leyó en su salón de clase.

"Aunque nunca volverá el día / de esplendor en la hierba... /ni la gloria de la flor, hallaremos / FORTALEZA en lo que nos queda".

Todos hemos perdido mucho en el camino, enfrentamos adversidad y dolor, pero ¿saben? Hallaremos FORTALEZA en lo que nos queda. Mi fortaleza es DIOS ese todo que no se ve, pero se SIENTE.

Entre arte, cuento y mito

(2 de abril)

¿Qué es la Metamorfosis?

En la escuela me dijeron: Es ir cambiando de un estadio a otro sin parecerse al anterior, por ejemplo, el capullo no se parece a la oruga, ni la oruga a la mariposa... Tienen un aire de familia, pero cambiaron.

¡Qué bellas son las MARIPOSAS! ¿Será por eso que al final de la caja de las plagas que Pandora vino a esparcir, Dios dejó una mariposita verde que al volar en aquel mundo plagado devolvió la ESPERANZA al hombre?

Ayer perseguí una mariposita blanca que al posarse en mis flores me dio PAZ.

Uno de los cuadros de ANNE GEDDES, que tengo en mi casa, muestra cómo a esta humanidad le están naciendo alas. Nos estamos TRANSFORMANDO.

Entre cuento y leyenda

(30 de marzo)

¿Por qué los murciélagos tienen alas?

Según Catón, mi escritor coahuilense preferido, cuando un niño preguntó esto a su mamá, ella contesto: "Tienen alas para que los ratones piensen que hay ángeles". El niño creció y ahora sabe o cree saber que los murciélagos sí son ángeles, pero ángeles de la ¡MUERTE!, y los SATANIZÓ...

Lo bueno es que los murciélagos no lo saben. Pero los hombres están ATERRADOS.

Entre poesía, arte y caminos

Mi oración

(29 de abril)

Ante columnas vencidas
pido tu favor, mi Dios...
Ante el paso que ya es lento
dame alas para volar.
Ante la vida cansada
dame la fuerza del mar...
En lo negro de la pena,
mi dolor ven a aliviar.
Que este espejo sin pulir
pueda tu AMOR reflejar.

Soñando...

> (22 de abril)

Estoy soñando que sueño fabricar otra existencia,
de ventanas transparentes que proyecten nueva luz.

Unos ojos que traspasen los diversos horizontes
que busquen, con su mirada, explicar este misterio
oculto en valles y montes...

Una voz hecha campana que llame a todos a misa,
a amarse sin condiciones, a amarse dejando el alma.

Unas manos con suavidad de paloma que, al tocar,
dejen ternura, transformen nuestro barro
y borren toda amargura...

Un corazón selectivo que aloje solo lo bueno,
recoja flores y trinos, y embellezca el sendero.

Caminar nuevos caminos a encontrarme con mi amado
con un vestido de luz y un velo de novia etéreo,
caminando sobre el mar, buscando tocar el... ¡CIELO!

Gracias, doctores

(22 de abril)

Cuando el dolor toca tu vida
hay un doctor que sanará la herida.

Cuando la salud se quebranta
hay un doctor que te devuelve
la ESPERANZA...

Cuando el milagro de NACER se anuncia,
un doctor lo toma entre sus manos y lo abraza.

Cuando se cierra el ciclo y la MUERTE llega
con su cruel espada... es un doctor quien da
la noticia y atestigua el fin de la existencia humana.

No olvidemos AGRADECER a ese ejército de bata blanca,
su hermosa profesión... la que SALVA porque ¡¡¡AMA!!!

Señales

(17 de abril)

Todo languidece con los años.
No muere la esperanza…
cobijada por los últimos sueños
se niega a abandonarnos.

Flores para la Virgen

(17 de abril)

La primavera en mi casa,
la primavera en mi alma
pidiéndote, madre mía,
ESPERANZA... FE... VALOR.
Intercede ante el PADRE
por este mundo contrito
que se olvidó del AMOR...

La primavera llegó

(21 de marzo)

Es 21 de marzo, la primavera se anuncia.
El pasto se viste de verde, florecen rosas y azucenas.
Oigo cantar a los gorriones.

El Señor riega mis árboles,
sus profundas raíces requieren del agua del cielo.
Como nosotros que, en nuestra aridez,
miramos hacia lo alto buscando respuesta
a nuestras oraciones.

La primavera hace renacer la tierra
y nuestra ESPERANZA.

Mis visitantes

(18 de abril)

Estas preciosas aves
también están conmigo
en la campaña...
QUÉDATE EN CASA,
casi los oigo trinar...
cuando esto pase,
seguro ¡VOLARÁN!

Anhelo

(18 de abril)

Anhelo el sol,
mi patio con olor
a madreselva…

La noche llega,
borra mis huellas...

Pasamos como todos
proyectando sombra
y de vez en cuando
AMAMOS y nos AMAN.

Mi casa

(17 de abril)

Esto hago en MI CASA
en días de cuarentena:

El mundo se queda afuera,
El mundo se vive dentro,
Un mundo que los de casa
Imaginamos PERFECTO.

* *

Mi casa sabe a armonía,
mi casa huele a contento,
mi casa tiene ese algo
de oasis en un desierto.

Hermano mayor

Cristo resucitado,
Jesús de la misericordia
del perdón y del amor,
recorres todos los caminos,
mi Cristo roto, mi Cristo solitario,
me abrigo en tu corazón...

La indeseable

(11 de abril)

Ella, la gran liberadora,
observa desde lejos
y sabiéndose indeseable
hace lento el paso,
pero está al acecho.

Sigue jugando con sus dados,
escondiendo la guadaña,
sin parar nuestro reloj
pasa de largo.

Le da tiempo al Tiempo,
ella sabe cuándo
su marcha sigilosa
nos mandará la calma,
nos llevará al silencio.

Flotaremos en un espacio nuevo
de luz insospechada;
seremos PAZ completa
dejando la materia
para habitar el ALMA.

Viernes Santo

(11 de abril)

La tristeza deL Viernes Santo ha calado hondo. Aun los que se dicen ateos se deben conmover ante el dolor del Cordero, nuestro salvador. Inmolado para salvarnos. Lavó nuestros pecados con su sangre, y la humanidad sigue pecando. Hoy la gloria se abre para que entendamos el gran amor del hijo de Dios.

Esperamos su resurrección porque su promesa de darnos vida eterna se cumple. Tenemos fe. Cristo ¡vive!

Nuevo día

(11 de abril)

Mañana... quizá mañana
encontraré lo que busco;
ayer busqué sin encontrar,
Mañana... quizá mañana.

Futuro, no te distingo,
¿llegaste sin haberte percibido?

Mis sueños te necesitan,
no me olvides, ¡te lo ruego!
Vestida de primavera,
estoy lista a recibirte,
¿acudirás a la cita?
¡El nuevo tiempo sonríe
dejándome una promesa!
MAÑANA... quizá mañana.

Mi sombra

(2 de abril)

Mi sombra no deja lugar
para el vacío...
Huésped permanente,
llena mi cuerpo como hiedra,
me aprisiona, me persigue
bajo el sol, bajo la lluvia.
Por la noche parece,
que se escapa... me libera...
pero ¡No!, me abraza toda.

¡Tengo miedo!, ella... RÍE.

Amigo

(1 de abril)

Voy caminando
en el reducido espacio
de mi encierro.
¡Tanto tiempo!, y no llego
al puerto de tu abrazo.
Para mirarte
he abierto mi ventana.
Te busqué en el viento,
me perdí en tu MAR.

Adán y Eva

(30 de marzo)

Adán, si fueras el único hombre
sobre la Tierra, tal vez te miraría,
quizá tomándote de la mano
ganaría mi guerra...
Sin tener que dudar,
sin tener que sufrir;
ni reír, ni llorar...

Todo sintetizado en ti, solo en TI.
A la voz de ¡YA!, te escogería.
Muy segura de mí misma di un *clic*...
Se introdujo un VIRUS,
se apagó la luna
en mi noche oscura,
terminó mi sueño...

Me he quedado SOLA.

Descubrimientos lúcidos

(19 de julio)

Descubrí que:
La vejez no se contagia.
Es salud acumulada.
"Lo peor de llegar a viejo
es no llegar".

(18 de julio)

Descubrí que:
Los semáforos
duran una eternidad...
Todos encendidos
¡confundiéndonos!
El Covid-19 no quiere
darnos luz verde...

(11 de julio)

Descubrí que:
Si el Covid-19 sigue teniendo
tanto *rating*
le van a agregar capítulos.

(5 de julio)

Descubrí que:
Somos rehenes del invisible.
Seguiremos bailando
al son que nos toque.

Descubrí que:
Estamos escondidos jugando a
"Tú la traes y no me la pegas".
Todos somos sospechosos.

(25 de junio)

Descubrí que:
No quiero ser cosa vieja
olvidada en una bodega.
Mejor "antigüedad cotizada".

(22 de junio)

Descubrí que:
Los abrazos siguen congelados.
Ahora entiendo
porque las relaciones sociales se enfrían.

(21 de junio)

Descubrí que:
Mi nueva ocupación es la del
farolero, descrita en el cuento
El Principito...Tengo la consigna de
apagar el farol por la mañana y encenderlo
por la noche. ¡Me siento útil!

(18 de junio)

Descubrí que:
La fuente de la eterna juventud
sí existe...
pero no para el cuerpo
sino para el espíritu.

(19 de mayo)

Descubrí que:
Un día de luz
vale por muchos de oscuridad.

Descubrí que:
El corazón del sembrador
se queda en su Creación.
En esta pausa obligada
hemos vuelto a la esencia.

La naturaleza tiene mucho que decirnos
cuando nos conectamos con el Creador.

(17 de mayo)

Descubrí que:
Soy adivina
pero solo de lo que está frente a mis ojos.

(16 de mayo)

Descubrí que:
A Dios pido energía, fuerza...
apenas me las da
y abuso...

Descubrí que:
Las chanclas viejas
son cómodas,
pero originan tropezones graves.

Descubrí que:
Me carcome la duda:
¿Incineran a los muertos de covid
para... que no quede huella,
que no y que no,
que no quede huella...",
perdón, estoy oyendo a Bronco...

(15 de mayo)

DESCUBRÍ QUE:
Los PEQUEÑOS detalles
hacen los GRANDES efectos…

(14 de mayo)

DESCUBRÍ QUE:
Lo viejo y lo nuevo COEXISTEN…
pero somos una GENERACIÓN
que se DESPIDE.

(13 de mayo)

DESCUBRÍ QUE:
Los ABRAZOS están
en cartera VENCIDA…
Debo muchos y no puedo pagar.

(12 de mayo)

DESCUBRÍ QUE:
Un vulgar LADRÓN
y otro de CUELLO BLANCO
participan del mismo delito:
el primero, CASTIGADO;
el segundo, LIBRE por falta de pruebas.

(11 de mayo)

Descubrí que: :
Es importante DECIR,
pero, aún más, ¡HACER!

(10 de mayo)

Descubrí que:
Las MADRES
son personas especializadas
en lo IMPOSIBLE.

(9 de mayo)

Descubrí que:
Esta cuarentena ha provocado
que la sonrisa no se vea en los labios,
sino en los ojos.

(8 de mayo)

Descubrí que:
El cubrebocas es ANTI EDAD,
tapa arrugas, cicatrices, chimuelos
y ayuda al acercamiento social.

(7 de mayo)

Descubrí que:
Si en un naufragio lo pierdes TODO,
pero te salvas TÚ,
no has perdido NADA.

(6 de mayo)

Descubrí que:
Quisiera embotellar el TIEMPO
para beber uno a uno mis recuerdos...

Descubrí que:
Siempre hay ALGO que se nos queda,
de tanto y tanto que se nos VA...

(5 de mayo)

Descubrí que:
El 2020 es un año gemelar,
"estamos pariendo cuates...".

(4 de mayo)

Descubrí que:
Cuando estamos abiertos a la crítica
tenemos un CONSEJO.

(3 de mayo)

Descubrí que:
Este año no nos ha dejado vivirlo;
nos robó la mitad.

Descubrí que:
Llegará el día de ser
uno con la Tierra.

(2 de mayo)

Descubrí que:
Si el otro se apropia de mí,
ya no soy.

Descubrí que:
Cuando presto atención al otro
estoy dando un valioso regalo… mi tiempo.

(1 de mayo)

Descubrí que:
Abrir y cerrar los ojos no es automático.
También se aprende.
Algunos lo aprendemos rápido;
otros, nunca.

(29 de abril)

Descubrí que:
Los pájaros buscan las ramas secas
para regalarles su canto
y alegrar sus momentos,
antes de caer derribadas por el viento.

Descubrí que:
No soy la niña que con ustedes juega,
soy una mamá doble,
una loca ABUELA.

Descubrí que:
Estoy sola en el silencio que el alma pide
para seguir VIVIENDO.

Descubrí que:
Los recuerdos
son polvo de oro adherido al HOY.

(28 de abril)

Descubrí que:
Amor por lástima, LASTIMA.

(27 de abril)

Descubrí que:
En el distanciamiento social
en que vivimos,
ni la sombra nos abraza.

Descubrí que:
Ver sin abrazar
es una tortura.

(26 de abril)

Descubrí que:
Al ver el Sol se renueva
la esperanza.

(25 de abril)

Descubrí que:
Ignorar la información tendenciosa
es saludable.
¿Sabrás distinguirla?

(24 de abril)

Descubrí que:
Cuando el otro es el Infierno
tú no eres el Paraíso.

Descubrí que:
Hay que releer el *Diario de Ana Frank*
para comprender el confinamiento.
La historia se repite.

(22 de abril)

Descubrí que:
En boca tapada no entra el covid.

Descubrí que:
Hace mucho que no digo
"Se me fue el tiempo volando",
y lo que hago todos los días
ya lo hago "Con los ojos cerrados".

(20 de abril)

Descubrí que:
Estar en el viaje es lo importante.
El movimiento ha cesado,
el día transcurre de luminoso a nublado;
aquí estoy anclada en el presente...
Porque el Futuro no deja que lo alcance.

Descubrí que:
El viento me dejó un hermoso regalo.
Lo agradezco, hoy no barreré.

(19 de abril)

Descubrí que:
Creer sin Ver es auténtica fe.

(18 de abril)

Descubrí que:
La primera sonrisa de este día
fue para mí
y me animó.

(17 de abril)

Descubrí que:
"Tu casa puede sustituir el mundo
pero ni todo el mundo
podrá sustituir tu casa"

(16 de abril)

Descubrí que:
Tejiendo y destejiendo mis momentos
encuentro que
he avanzado en el tejido.

Descubrí que:
El Sol como testigo
confirma con el viento
la aventura del día que nos toca vivir.

(15 de abril)

Descubrí que:
El amor en la piel
es explosión de auroras.

(14 de abril)

Descubrí que:
Los viejos necesitamos poco,
pero ese poco, lo necesitamos mucho.

(13 de abril)

Descubrí que:
Los viejos somos como el Sol
que al ponerse en el ocaso nos
brinda su más bello resplandor.

(12 de abril)

Tuvo que parar el mundo
para que dejara de hablar
y aprendiera a escuchar.

Índice

Instantes

Las fotos 5

Entre cuento y...

Efectos de cuarentena 17
La Muerte tiene permiso.. 18
La bola de nieve.. 19
¿Nos venden el aire?.. 20
Don Viento vino a visitarme...................................... 21
El distanciamiento social 23
Existencia 24
¿Quién está escondido?.. 26
Pensemos.. 27
Junto a mi rosa está una pequeña planta 28
Les cuento... 29
El amor quita el miedo 31
Su excelencia 32
Diálogo con el Presidente AMLO............................... 33
¿A qué hora doy clase? 35
¿Haces caso a los avisos? 36
¿Por qué el burro tiene las orejas grandes? 37
No contagiemos el miedo 39
Gracias, Santo Papa 40
Amigos, ¡Léanme!... 41
La magia 42
¿Qué dijeron los poetas en medio de otras crisis? 43
Jueves Santo 45

¿Qué dice el fuerte al débil? 46
Estamos de rodillas 47
Días de otoño 48
Sobre racismo y xenofobia 49
Esplendor en la hierba 50
¿Qué es la Metamorfosis?... 51
¿Por qué los murciélagos tienen alas? 52

Entre poesía, arte y caminos

Mi oración 55
Soñando… 56
Gracias, doctores 58
Señales 59
Flores para la Virgen.. 60
La primavera llegó 62
Mis visitantes 63
Anhelo 64
Mi casa.. 65
Hermano mayor 67
La indeseable 68
Viernes Santo 69
Nuevo día.. 70
Mi sombra... 71
Amigo 73
Adán y Eva.. 74

Descubrimientos lúcidos

Descubrimientos Lúcidos 75

María del Pilar Martínez Nandín: Es autora de los poemarios *Versos con alma*, *Porque leo, escribo*, *Letras juzgadas*, *Poemas de agua* y *La luz en el espejo*, además el libro de narrativa *Cuentos vividos*. Miembro de la Academia Mundial de Arte y Cultura y de *The Cove/Rincon International*. Ha participado en diversos encuentros de poetas y escritores en México, Estados Unidos, Uruguay, Chile, Argentina y República Checa. Su poesía ha obtenido importantes premios, entre los que destacan el Premio Nacional de Poesía 1998 otorgado por CONACULTA. Mención de Honor con el poema "Canto a la libertad" durante el Congreso de Poesía Hispanoamericana celebrado en Tijuana, B. C., 2010. Tercer lugar en poesía en español con el poema "Quiero hablar de paz" durante el Congreso Mundial de Poetas celebrado en Kenosha, Wisconsin, Estados Unidos, por mencionar algunos.

www.ingramcontent.com/pod-product-compliance
Lightning Source LLC
LaVergne TN
LVHW091604060526
838200LV00036B/991